ÉTRENNES

TOURQUENNOISES

ET LILLOISES.

SEPTIÈME ÉTRENNES

TOURQUENNOISES

ET LILLOISES,

ou

RECUEIL

DE CHANSONS

EN VRAI PATOIS DE LILLE ET DE TOURCOING,

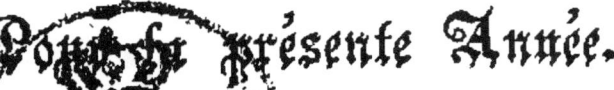

Pour la présente Année.

LILLE,

VANACKERE, Libraire-Editeur.

Nous avons laissé exister en patois les morceaux de ce Recueil, tels qu'ils étaient dans les éditions précédentes.

DIALOGUE

Entre un Garchon et s'Maintresse
allant pourmené à l'ducasse de
Sainte Catelaine.

AIR : *Allez , allez , Jean-Pierre.*

Noté N.º 2.

LE GARCHON.

Bon jour Marie-Mad'leine ,
Volez v'nir avecq' mi
A l'ducasse Sainte Catelaine?
Nos arons du plaisi.
N'y a tant d'gens amoureux ,
Et nous nos s'rons du nombre.
M'té vo biau écourcheu ;
Nos irons jué à deux.

Nos montrons su l'rempare
Derrière l'mason Gros-Jean ;

Tout du qu'à l'porte de l'Barre
Nos irons pourmenant.
Après nous deschendrons
Pardessus l'Esplennade.
Je sé bien unne mason;
Nos arons du gambon.

LA FILLE.

Le qu'min est bien pu seure,
Nos irons par l'marqué :
Vos m'accaterez des fleurs,
U bien un biau bouqué.
Chela fera le ju ;
Je l'satiquerai à m'passe.
Au coin de le basse rue,
I n'y a des fleurs herbues.

Quand j'arai cha à m'passe
Nos irons tout de bon
Envierre le ducasse;
Nos verrons Brûl'Mason.
Si cante du nouviau.
N'en faut acaté unne,
U bien chelle de Michau
Qu'il ont queu deden l'iau.

LE GARCHON.

J'aime mieu boire de l'queute
Qu'acaté des canchons.
A le mason Pierre Preute
Le goût est bien pu bon.

LA FILLE.

T'ét avaricieux, Jean;
Un n'n'a unne pour un doube:
Le papier vaut autant
Pour ensonnié d'z'enfans.

LE GARCHON.

Ne leumme point tant le breune
Pour avoir unne canchon :
Va je n'acaterai unne
Si je vos Brul'Mason.
Vous quoi aiche vous m'acat'rez?
V'là deux doube que j'dépense,
Le canchon et l'bouquet ;
Feros bien tout peez?

LA FILLE.

N'vos mettez point en peine ;

Vos trez content de mi :
A l'ducasse Sainte Catelaine,
Pour vous faire plaisi ,
J'acatrai un coutiau
Quant j'y d'vros mette tros doubes.
Pou copez du gambon ,
Quand nos s'rons à l'mason.

Jean , si vos m'volé croire ,
Nos irons pourmené.
A l'plache d'aller boire ,
Acatemme un laché :
N'en faut un long assez ;
Car vous savez l'histoire
Qui nous a arrivé
En allant pourmené.

CANCHON

Sur unne Fille et se n'Amoureux qui ont été vir Braguette.

AIR: *Je vas Dimainche à la ducasse.*

Noté N.º 7.

CHRYSOSTÔME s'a mis en tiette
De demandé à s'n'assoté,
Sur les quatre heures apré dainné,
Pour le mené vire Braguette
   I fette des tours,
     Me z'amours,
     Tous les jours
Cha fé rire sitôt qu'un les wette,
   I fette des tours,
     Me z'amours,
     Tous les jours
De pré ét d'long chacun y court.

Tout aussitôt Marie-Zabette
S'a l'aiché dire du capiau:
Un m'a dit que cha étot biau;

Pour rire , je sus toudi prête.
Allon à deux ,
M'namoureux ,
Cha vaut mieux ,
I n'en coûte rien à Braguette ,
Allon à deux , etc.
Que d'y allé vire tout seu.

Elle avot mis den se vaclette
Du poufrin de carbon de faux.
Elle sé bien qu'i n'y fé point caud
Quand qu'un est autour de Bra-
guette.
Elle a couru
Comme au fu ,
Su ches rues ,
Aveucque unne blouque défaite ;
Elle a couru , etc.
Croteuse jusqu'au bas d'sen dos.

Elle se plache tout pré des Halles ,
T'nant à l'obette d'un chav'tié.
Elle vot les mam'selles sauté
Et faire des tours sans égale.
Cliquant des mains ,
A Urbain
Dit enfin,

Un dirot qu'i vont donné balle.
    Cliquant des mains, etc.
Je cros qu'i sont fé à verrius.

Quand qu'elle a vu ches deux qué-
    erres,
L'unne sur l'ante comme un cloqué,
Et unne mam'selle y monté,
Elle criot toudit: Elle va querre.
    Aiche qu'elle os'ra
        Sauté là
        L'tiette en bas ?
V'là un saut qui li coutra querre
    Aiche qu'elle os'ra , etc.
Je trai curieuse de vire cha.

Elle arot bien piché d'sour elle
Quand qu'elle a eu vu l'Arlequin,
Aveucque sen sabre de sapin,
Qui fé tenir den se bertielle.
    I jette en haut
        Sen capiau
        Cha et biau,
Suptile comme unne arondielle ;
    I jette en haut , etc.
Se n'habit est fé de tassiaux.

Quand qu'elle a vu venir grand'père,
Elle a déclaqué de bon cœur,
Tout en digeant: Dame d'honneur,
Du minou devant et derrière,
    Un bonné rond,
      Un baton,
      Un menton
Qui porrot servir de quéerre;
    Un bonné rond, etc.
Aveucque unne barbe en confennon.

Elle admire les mameselles
Qu'ell' sont biell' et bien habillé;
Le monsieu est tout chamarré,
I passerot pour un couronnelle.
    Le bom'qui a
      Guérira,
      Refera,
En frottant aveucq'se boutelle:
    Le bom'qui a, etc.
Tous cheuse qui aront grammen
    d'ma.

Tout Lille est dens unne joi parfaite,
Les sodars comme les bourgeos,
Un peut bien dire, au mont qui crot,
Tout aussitôt qui ju Braguette.

Les filles y vont
    Par quartrons :
    Jenneton
Elle a laiché se cambe ouverte :
    Les filles y vont, etc.
S'mère elle a fait biau carillon.

Un vot des jacotins, des cappes,
Des robes, aussi des dominos.
Braguette est venu à propos.
N'y a d'temps en temps unne qu'elle
    attrape
    Un amoureux :
        Un monsieu,
        Entre deux
I n'y a toudi unne qu'elle s'écappe :
    Un amoureux, etc.
I faut toudi faire d'sen mieux.

LE SOT GARCHON.

AIR : *J'aurai bientôt quatre-vingts ans.*

Noté N.º 4.

ME n'amoureux est un luron ;
Peut-on vir un pu sot garchon,
    I n'a point de mennière.
Quand i trouve un nid de mouchons
Laiche envoler les jonnes au long.
    Faut-i tout dire, Jean-Pierre ?

Semedi i m'a demandé
Si je volos me pourmené
    Aveuque li Demainche.
Awi, j'ai dit tout né à né
M'avanchant, i n'ma point donné
    Un seul bagé à crenches.

Après i m'a donné le mot,
Ma venu quere che babulo
    Tout mis à sen pu brave.
Nous avons été faire un tour,

Sans me dire un seul mot d'amour,
  J'étos pire qu'unne esclave.

Nous pourmenant sur le rempart,
Tans en tans passot des sodars
  Assez de bonne meine.
I digeoient en parlant de mi,
En vela unne assez joli,
  Elle en vaut bien la peine.

Mi j'entendos bien leu discours,
Et m'n'amoureux faigeot le sourd,
  Jetant se vue arrière ;
Digeot, en wettiant un balot:
Tien, n'y a la va le soupe au pot,
  Wette un pau queulle funquere !

Après s'amusoit à compter
Tous les égliges et les cloquiers,
  Mé, pour mi queulle angoisse!
Après, digeot che baluriau,
Je n'en trouve point un pu biau
  Que cheti de no paroisse.

Passant devant unne mason,
U ch'qu'un y juot du violon,
  (Ch'étoit unne salle de danse,)

J'ai di : Entrons à tout hasard.
M'a di : I cout'rot un patard,
   Mé pour mi queu pun rance !

Retournant avec che luron ,
J'ai trouvé un autre garchon ,
   Qui avot l'air de plaire :
Me saluant , a dit : Marie ,
Si vous n'tri point en companie ,
   Je vous offriros un verre.

Mi, j'ai répondu aussitôt :
Je suis drochi aveucq' un sot ,
   Je vodros être arrière.
L'occasion fé le larron :
J'ai été aveucque che garchon ,
   Digeant : adieu, Jean-Pierre.

Alors Jean-Pierre a dit tout bas:
Pourquoi ch'que vous m'quittez
   comme cha ?
   Ch'né mi unne cose à faire.
Mi j'ai répondu aussitôt :
Va arrière de mi mamulot ;
   Adieu , adieu , Jean-Pierre.

A PIRONNE.

AIR : *De la belle Thérèse.*

Noté N.º 5.

PEUT-ON vous wettié
Sans brûler d'amour, Pironne,
Peut-on vous wettié
De le tiette aux pieds ?
T'é si bielle et rétriqué,
Te tenteros les vaquié.
T'attrappe men cœur, Pironne,
Den ten sorigié.

Ches deux biaux frisons
Qui sont su vo front, Pironne,
Ches deux biaux frisons
Qui sont su vo front ;
Aussi noirs que du carbon,
Tout tournés comme un lemechon,
Ches deux biaux frisons, Pironne,
Tente les garchons.

Vo front découvert

Reluit comme un pan, Pironne ;
  Vo front découvert,
  Pu dur que du fier,
Vos deux yeux grands et ouverts,
Aussi noirs que des paters,
Ah! quand je les vos, Pironne,
  Men cœur saute en air.

  Un devencrot sot,
Véant vos bageos, Pironne,
  Un devenerot sot,
  Véant vos bageos,
Biaux et rouge et aussi gros
Que le panche d'un pot de los,
Si je vous aime, Pironne,
  Ché pour vos bageos.

  Ches deux gros paqués
Qui sont là muchiés, Pironne,
  Ches deux gros paqués
  Qui sont là muchiés,
Je les verros volentié :
Mé che l'épenne affiqué
Et vos biau mouchos, Pironne,
  Muche vos paqués.

  Point tant de fachons.
Marions à deux, Pironne,

Point tant de fachons ,
A deux marions :
Car je t'aime tout de bon
Pu qu'un pourchiau le s'étr...
Et j'ai de l'amour, Pironne ,
Pour ti trois quarterons.

Si vos attendé
A vos marié , Pironne ,
Si vos attendé
A vos marié ,
Vo visage venera ridé
Comme un étr.. de bodé.
Les jus de l'amour , Pironne ,
Ché t'un co de dé.

Profité du temps :
I faut marié , Pironne ,
Profité du temps
Il est pu que temps.
Te vos te n'amoureux Jean
Qui t'agroule comme un sergent,
Va , je te promets, Pironne ,
Que t'ara bon temps.

Te sé que l'hiver
Nos a menaché, Pironne ;
Te sé que l'hiver

Nos a menachié,
De faire un frod affiquié.
Quand qu'un est à deux couquié,
Ah! qu'un a bon temps, Pironne,
Et cau à ses pieds.

***

L'AMOUR PARFUMÉ.

AIR : *Tourne, men cariot, tourne.*

Noté N.º 3.

Venez, garchons et filles
Apprendre à faire l'amour :
A cinq quarts d'heure de LILLE,
Un amoureux habile,
Aveucq' se bielle Zabiau,
Ont fé un tour nouviau.

D'unne mennière honnette
Buvant au Rouge-Debout,
Ont sorti de l'cambrette,
Pour mieux tater à blaïtte,
S'en vont tout luronnant,
Tous deux en pourmenant.

Sont mis derrière le grange
Pour ne point être vus.
Li donnant des louanges,
Vous êtes bielle comme un ange.
Le fille dit à sen tour,
T'es pu biau que le jour.

Vous savé qu'au village
N'y a des grands privés :
Un s'y met à se n'age
Et par-derrrière tout nage,
Et tant qui soiche plein,
Ché comme un magasin.

Pourléquant le bachelette,
I li pochot les mains,
L'agrouillant par se tiette :
Lors chelle fille honnette,
Le volant repoussé,
A queu dens le privé.

I l'tenoit par se tiette
Pendant che moment là ;
Sans quitté le bachelette,
Tous les deux biau et nette
Ont renversé deden,
Tout au mitant du br...

Criant miséricorde,
Tous cheux du cabaré,
Véant che grand désorde,
Leu z'ont rué des cordes,
Et le z'ont retirés :
Tous les deux de ch'privé.

I se tenoient en peine,
De peur d'être noyés,
Colant chose certaine,
Tout comme deux tartaines.
A-t-on vu de ches jours
De pus sales amours ?

Jonnes filles du village,
Quand vous faites l'amour,
Soyé un pau pu sages :
Si on vous caresse ou bage,
I ne faut point allé
Si prés de ches privés.

CHANSON

Sur un Tourquennois qui a acheté
à Lille de la semence de sucre.

Air noté N.° 8.

Un Tourquennois s'en va au chu-
    querier,
Li demande : quoiche vous vendez?
Je vends del semenche de chuque.
Du chuque, un s'en léqueroit les
    doigts,   *bis.*
D'en l'été y vient tous les mos. *bis.*
Doucque, doucque, doucque.

Le Tourquennois li répond aussitôt,
Baillé m'en pour tros lives de gros.
    Baillem le pus rare,
Baillem zen du dro et du tortu, *bis,*
Car j'ai envie d'en semer dru. *bis.*
    Doucque, etc.

Che Tourquennois s'en va à se ma-
    geon,
Raconté à se femme tout de bon,

J'ai del semenche de chuque.
Va te peut bien laiché-là ten den-
telé,   *bis*.
J'te réponds qu'nous sommes riches
assez.   *bis*.
Doucque, etc.

Che Tourquennois s'en va à s'en
courti,
Arraché carotte et radi,
Puns d'tierre, aussi betterave,
Des choux cabus, navets et remolas,
A sémez sen chuque à plein bras.*b*.
Doucque, etc.

El première pleuve qui a venu,
Sen chuque y étoit tout fondu,
Y gratoi à s'noreille;
Y va dire à se femme tout ému, *b*.
V'là tout men courtillage perdu,*b*.
Doucque, etc.

Ah! si jamé que Brûl-Majon,
Repasserot en che canton,
Ch'tro une histoire ben drole.
Den Lille et den tous les endrois,*b*.
Un parleroit de che Tourquennois.
Doucque, etc.

CHANSON

Composée et chantée par Brûl-
Maison , touchant l'embarras de
son petit ménage.

Sur l'AIR *de la promenade du tour
dè Lille.*

Venez tous garçons de Lille ,
Pour entendre ma chanson ;
C'est de moi pauvre Brûl-Maison.
   Ecoutez filles ,
Voici ma désolation ,
   Je suis débile.

Me voilà dans l'esclavage ,
Réduit depuis quelque temps ;
Il me faudra être à pré ent
   Un peu plus sage ;
Car on souffre bien des tourmens ,
   Dans le ménage.

Pour quelque douce parole ,
J'ai vendu ma liberté ;
D'autre que moi s'y sont trompé ,
   Je m'en console.
Je ne suis point en vérité ,
   Seul de ce rôle.

J'ai vu que j'étois mon maître ,
Quand j'étois à marié ,
A présent je suis le valet ,
   Car l'on me traite ,
Ainsi qu'un enfant noûveau né ,
   A la baguette.

Quand ma femme est en colère ,
Ma foi je ne dis plus mo ;
Crainte d'avoir le ratro
   Je sais me taire ;
Il faut que je passe pour sot ,
   Pour lui complaire.

Si je vais boire chopine ,
Dedans quelque cabaret ,
Aussitôt elle me vient cherché ,
   Dans la cuisine ;
Dit : A tu bientôt bu assez ,
   De sûre mine.

Pour appaiser sa colère ,
Lors je lui dis en douceur :
A ta santé mon petit cœur ,
   Ne soit sévère :
Elle passe sa méchante humeur ,
   Avec ce verre:

Faut que je vous fasse sage ,
De mon plus grand déplaisir ,

C'est que j'ai tâché mon habit
   De mariage :
Elle m'a grondé quand elle le vit ,
   Dit : Quel dommage !

Ce n'est pas chose nouvelle,
Il faut dedans le logis
Pour le ménage entretenir ,
   Mille bagatelle :
Il faut travailler jour et nuit,
   Dans sa cervelle.

Bons garçons je vous conseille
De ne point faire comme moi ;
Appliquez plutôt votre choix
   A la bouteille ;
Avec elle on est en grande joie,
   L'on fait merveille.

Mais quand je pense à ma femme ,
Et que d'elle je suis content ,
Je ris et je passe le temps ,
   J'éteins ma flamme ;
C'est pour attraper votre argent ,
   Que je la blâme.

LE RETOUR
DE JEAN-LOUIS;
SON MARIAGE
AVEC MARIE.

En patois de Saint Sauveur.

Air noté N.º 9.

Hier, sur les onze heures,
Comme je m'en allos den men lit,
J'entendis buqué à no hui,
Grand Dieu! qu'cha m'a saisi.
J'ai ouvert me ferniette,
J'ai avanché me tiéte,
En trennant de peur,
J'ai vu un capiau bordé,
Sitôt je me suis rasaqué,
En criant: Nous sommes couqués.

Aussitôt un rebuque,
En criant: Marie, mon cher cœur,

Ouvrez che hui, n'euchez point peur,
Ché votre serviteur.
En oyant ches doucheurs,
J'ai réveillé m'sœur,
En digeant un buque ;
N'y a unne séqui à no hui,
Même à chen que j'ai ouï,
Je crus que ché Jean-Louis.

D'unne joie sans pareille,
J'ai mi men petit cotron sur mi,
Je me suis ruée en bas de men lit,
Pour allé ouvert che l'hui.
Allummant men craché,
J'ai demandé : Qui ché,
I ma répondu: La bielle ;
Ché votre fidel amant,
Qu'il est parti il y a six ans,
Et qui revient constamment.

Que je vous embrache,
Si volé bien Marie.
Et pourquoi non donc Jean-Louis,
Si cha vous fé plaisi,
Cha me le fé aussi ;
De vous vir druchi,
De si bonne grace ;

Demandem tout chenque vous vo-
    drez,
Je ne saros rien vous refusé,
Quand che trot pour marié.

    En fait de mariage,
Je ne suis guère pressé, Marie ;
Mais si chela vous fé plaisi,
Je men va vous dire qu'oui.
Qu'un alle cherché l'Notaire,
En présence du Clerc,
Nos ferons nos affaires.
Qu'un alle chercher men père et
    mère,
M'en grand père aussi me grand'-
    mère,
Tous mes parens et men frère.

LA FILLE MÉCONTENTE.

AIR : *Chantons Lætamini.*

Noté N.º 6.

Toudi êtes aveu s'mère,
Toudi le cœur saisi :
L'pu p'tite cose qu'un peut faire,
Aussitôt elle vous cri :
Cha n'durera mi toudi.   *4 fois.*

Pour mi, je n'sé qu'men faire
Etant fille aujourd'hui.
En souffrant i faut s'taire,
U si non, un vous cri :
Cha n'durera, etc.

Comme unne aute si j'veux faire
Pour encaché m'n'ennui,
Me m'mère toute en colère,
Vient crié apré mi :
Cha n'durera, etc.

L'soir ayant fé m'n'ouvrage,
Si j'm'assis à nos hui,

Elle vient me faire tapage,
Me traitant d'étourdi.
Cha n'durera, etc.

Du soir si men compère
Vient m'vir dans no courti,
Tout aussitôt me mère
Vient crier aprés mi :
Cha n'durera, etc.

Jour et nuit queu désorde !
Tout jusqu'à den men lit,
Si unne puche m'vient morde,
Je m'gratte, et me mère cri :
Cha n'durera, etc.

Si m'en compère Jean-Pierre
Avot pitié de mi,
I f'ros mieux me z'affaires
Que me mère aujourd'hui.
Cha n'durera, etc.

J'iros d'ichi à Rome,
Pour avoir men plaisi.
J'aros pu quere un homme
Qu'unne mère qui toudi cri :
Cha n'durera, etc.

COMPLAINTE

DE

BRULE-MAISON,

Et de ce qui lui est arrivé pendant
le siège de Lille, en 1709,

Faut avoir l'esprit dérangé
Pour se souhaiter assiégé ;
Pour moi si j'y suis encore pris
Sera que je serai bien surpris ;
Si je suis couché sur mon dos,
Je n'ai point un moment de re-
pos
On bat la dienne tous les jours,
Ce n'est pas au son du tambour ;
La dienne qu'on bat a plus haut
ton,
C'est ma foi à coups de canon,
Pour moi quand j'entends tout cela,

De dormir je ne puis pas.
Un boulet passe le rampart,
Il troue ma maison sans dire gare,
Les tuiles tombent sur mon lit,
Comme si c'étoit de la pluie.
Je me lève pour voir le trou
Je cours comme un loup-garou.
Il survient un éclat de bombe,
Que près de ma maison il tombe,
Alors je prends mon juste au corps,
Je m'lève craignant la mort.
Je cours d'un autre côté,
En croyant d'être en sûreté.
Un boulet traverse un pignon,
Les pierres tombent sur mes ta-
lons.
Au ciel j'en adresse des nouvelles,
M'en voilà échappé d'une belle :
Pour raffermir mon cœur chagrin,
Je m'en vais boire du brandevin.
Pour être en sûreté à l'heure même,
Je me sauve dans la cave BRAME,
Un boulet ce même matin,
Traverse la maison DENIN,
Et vient tomber dessus ma tête.
Là, où à boire j'étois tout prête

Du coup, mon verre tomba par
   terre.
J'ai dit: Au diable soit la guerre.
Je sors de méchante grâce,
Et je m'en vais sur la Grand'Place;
Un boulet tombe sur le marché,
Qui brisa une cheminée.
A la bourse je cours sans attendre,
Croyant qu'il n'y avoit que moi à
   prendre,
Un boulet sifflant pire qu'un oie,
S'en vient traverser tous les toits.
Par le petit marché je sorte,
Un boulet vient briser la porte,
Alors je m'en cours à grands pas
Vers l'endroit où on vend du ta-
   bac.
Il survient une bombe infame,
Qui tua une pauvre femme,
En pièce dessus le pavé,
J'ai dit : *Requiescat in pace.*
Je cours par les vielles Halles,
Par-là il passe une balle,
Qui tombe au Marché aux Pois-
   sons,
Laquelle troua plusieurs maisons.

Je m'en vais droit à Saint Mau-
    rice,
Une autre tombe sur l'Eglise;
Je me sauve ayant le cœur fade,
Tout droit dans la rue des Mala-
    des,
Où j'ai vu tomber sans mentir,
Plusieurs boulets sans m'avertir.
Je m'en vais vers la Trinité,
En croyant d'être en sûreté,
Un autre, par un coup de revers,
Par-là brisa neuf barres de fer.
J'ai dit : Que cela a de force,
Il fonceroit bien des portes closes.
Je me sauve dans un autre endroit;
Dedans la rue des Hibernois,
Un autre boulet par feintise,
S'en vient traverser toute l'Eglise ;
Alors je cours par l'arsenal,
Où j'ai vu charger plusieurs balles.
J'ai dit : Quels baux éteufs ce
    paume,
C'est dommage que cela tue les
    hommes.
Je passe par la rue des Étaques,
De l'autre côté de l'attaque,

J'ai vu beaucoup d'hommes et filles
Se sauver hors de la basse-ville.
Ils étoient tous aux place hautes
Qu'il falloit coucher l'un sur l'autre
Je passe la rue Saint Sauveur,
Croyant de rassurer mon cœur,
Il survient un malin boulet,
Tomber dans la rue du Curé.
Je fus surpris de bonne façon,
Comme cela peut aller si long.
J'ai dit : Par un rude entretien,
Mal peste où serons-nous bien ?
Un soir le canon fit silence.
Mon cœur reprit un peu substance;
Je revins traverser les rues,
Chacun disoit : On ne tire plus.
Lors je m'en reviens tout badinant,
Tout droit envers le Pont Tournant,
Vers la brèche je vis trois éclairs,
Et puis vingt-cinq grenades en l'air,
Qu'on jetoient avec des mortiers,
Ou bien avec des pierriers.
J'ai dit : Allons un peu plus long,
Car il ne fait point ici bon.
Passant sur le Marché aux Bêtes,
Une bombe passe sur ma tête ;

Je lui fis une grande révérence,
Le ventre par terre je me lance.
Puis quand elle eut fait son effet,
Je cours, en étant relevé.
En passant par les Prisons,
Il en tomba deux sur ce canton,
Où ils ont tué cinq ou six hommes.
J'ai dit : La sauce n'est pas bonne.
Je cours par la rue Saint Pierre.
Jusqu'à là il tomba des pierres.
En passant par la rue d'Angleterre,
Là, j'ai vu quatre bombes en l'air,
Chacun se jettoit l'un sur l'autre,
Et moi caché derrière les autres.
Un autre dit d'un foible ton,
C'est qu'on attaque le tenaillon.
Je passe la Croix Sainte Catelaine,
Chacun étoit en même peine ;
Et puis, dans la rue des Bouchers,
On ne savoit où se sauver.
Je me suis transporté bien vîte,
Tout droit dans la rue des Jésuites.
En passant devant l'Hôpital,
J'ai vu des blessés de coups de balles
Qu'on apportoit incessamment,
Prête à entrer au monument.

Je cours pour avoir du repos ,
A Saint Roch boire un demi-lot:
J'ai vu des gens épouvantés,
Qui venoient de tous côtés ;
De la Paroisse Sainte Catelaine
Et même de la Madeleine ,
De Saint André et Saint Pierre.
Un chacun contoit sa misère.
L'un dit : Ma maison n'en puis plus;
L'autre dit : Tout est abattu.
Je remercie Dieu , dit DUPONT ,
La mienne n'a que des coups de
    canon.
L'autre dit : Je suis comme un es-
    clave ,
Une bombe a tombé dans ma cave,
Où j'avois de la bonne bière ,
C'est ce qui cause ma misère.
L'un dit: Mon frère est fort blessé.
L'autre dit : Ma sœur est tuée ,
Si je contois tous les malheurs ,
Je n'aurois pas fait à douze heures.
C'est assez pour se souvenir ,
Du monde qu'on a vu périr
Du siège de Lille , et des tourmens,
On en parlera dans cent ans.

Le papier que je vous fais voir,
Vous pourra servir de mémoire ,
Achetez-en , grands et petits,
Je les vend à fort juste prix.
Si je n'en vend point à présent ,
Ils seront encore bons dans dix ans.

PRÉDICTIONS.

AIR ; *V'là d'bon foin.*

Noté N°. 1.

Pour tous les mos de l'année ,
J'vois vous fair' des prédictions.
Acoutez vos destainées ,
Et fait'z'y ben attention.
     I n'y a point
D'Armena pu véritable ;
     I n'ment point.

En Janvier , le vent de bize
F'ra v'nir le roupi au nez ;
Et cheus'qui cangeront d'quemige
Sentiront leu dos r'frodiés.
     I n'y a point , etc.

En Février , pour nouvielle ,
J'vous annonce que vin vieux,
Bu en compagni fémelle,
N'porra point faire ma aux yeux.
     I n'y a point , etc.

Au mos d'Mars les court'haleines
Sentiront de l'embarras ,
Et du fond de leu poitraines

Un p'tit chifflé sortira,
  I n'y a point , etc.

En Avril , les sourd'oreilles.
Entendront mal aisément :
Et cheus' qui courront sans selle
A queva s'ront durement.
  I n'y a point , etc.

Au mos d'Mai , dessus l'herbette
Les bergères et les bergers ,
En roucoulant leu musette ,
Pens'ront à aut'cose après.
  I n'y a point , etc.

Pendant l'mos d'Juin , deux cornes
A la lune paroîtront ,
Qui rendra les gens bien mornes,
Les sentant dessus leu fronts.
  Il n'y a point , etc.

Les hétiques, au mos d'Juillete,
N'aront point grand appétit :
Un verra des cous d'houlettes
Aveuc des visag' bouffis.
  I n'y a point , etc.

Pendant l'Août pour mervaile ,
Bien des nogettes s'ront croqués.
Cheus' qui buv'rons à l'boutaile

N'aront point besoin d'goblé.
I n'y a point, etc.

Si les puchell' en Septembre,
Ne sont point cueillé en temps,
Malgré l'sé, malgré l'gengembre,
Ell' pouriront pas l' mitant.
I n'y a point, etc.

Qui t'ra roste au mos d'Octobre,
Ch'tra pach' qu'il ara trop bu.
Ch'ti qui querra étant sobre
Sara ben relever sen cu.
I n'y a point, etc.

En Novembre, queurra vîte
Qui f'ra deux chen lieux par jour,
Et tout' les tartes seront cuites,
Quand qu'ell' seront brûlé au four.
Il n'y a point, etc.

Les femmes souffleront les bresses
En Déchembre póu s'récauffer:
Et cheus' quell' brul'ront leu fesses
N'os'ront jamé les montré.
I n'y a point
D'Armena pu véritable :
I n'ment point.

LE ROI BOIT.

AIR: *Tourne, m'en carriot, tourne.*
Noté N.º 3.

BON jour Marie Pironne ,
S'a te bien diverti
En tirant le Royaume
Aveu vos gens , vo n'homme?
Car cheux de vo mason
Sont farceux à fachon.

Nos avons ri , Zabête ,
Comme des benheureux :
Chetot comme unne fiête.
N'y avot deux marionnettes ,
Et men garchon Louis
Juot de l'cremilli.

Me n'homme Mathiasse
A requeu d'être l'Roi ;
Au premme le ducasse ,
De tout i s'embarasse ,
Et no varlé Pirot
A queu d'être le sot.

Le Roi s'a mis à tave ,
Se n'habit desblouquié ,

Pour mieux remplir se gave.
Un a qu'menché la baffre
Par boire chacun unne fois.
Et à crier Roi boit.

I n'y avot à deux plaches
Des choux bien étuvés
Aveuque de le crache.
Chétoit comme un pillage :
I donnoient la deven
Comme un pourchiau au b....

I n'y avot, pour de l'chare,
Deux piéches de pourchau ;
Jamé du pu bon lare :
N'y avot men fieu Allare,
I vous détouillot cha
Comme un loyen de sa.

I menioient à le hâte
Pour avoir puto fé.
Pour pu faire l'emplate
J'ai apporté deux tartes
Aussi grandes et esparts
Que des reulles de car.

Me n'homme à l'ordinaire
A pris sen grand coutiau ;
Copant tout au travierre,
Un à un i les serre,

Et leu z'en a donné
A tretous un quartier.

Par malheur, me commère,
Le tarte au lébouli
Etoit faite trop claire :
Tout guilot par bennières
Su leu panche au mitant,
Tout comme à de z'enfans.

Quand les femmes et les hommes
Ont eu bravement menié,
Un a bu à l'rondomme
En criant le Royaume.
Commère, v'la tout fé,
Tout jusqu'au Parjuré.

CANCHON

Su l'plaisi des Lilloises, en allant
vir Braguette.

AIR : *De la Confessian.*

CATOU, Marie-Claire
Sont tout en air aussi Zabête;
I vont s'amuser
A vire Braguette jué.

Qu'un a du plaisi, quand qu'un les
  wette,
Ches jolis Braguettes!

I n'y en a grammen
Qu'à tros heures leu journé est faite.
  Un queure comme au fu,
Pour vir Braguette quand qui ju.
Qu'un a du plaisi, etc.

  Dessus Saint Sauveur,
Un les vot sortir des courettes,
  Des trente al volé :
Ché tous comme des quennués.
Qu'un a du plaisi, etc.

  Dessus le Réduit,
I laich'tent busiaux et ailettes ;
  Quand Braguette ju,
Il ont comme les bras rompus.
Qu'un a du plaisi, etc.

  Et au bas d'Enfer,
Un vot tous ches jones es fillettes,
  Queurrir à grands pas
Aveuc cheuses de l'ru du Plat.
Qu'un a du plaisi, etc.

  Su l'petit marqué,
Quand qui ju, i s'mettent à l'ferniette.

Marie, sur un tard,
Elle a laiché quer sen girard.
Qu'un a du plaisi, etc.

Demmainche passé,
Catou a rompu se vaclette
  Tout pré d'un état :
Un n'sé point comme elle a fé cha.
Qu'un a du plaisi, etc.

Marie a tant ri,
Qu'elle a cassé se corroyette,
  Dessus le marqué,
I a follu l'racommodé.
  Qu'un a du plaisi, etc.

Tout d'abord qui ju
Cambien vééz—vous de fillettes :
  Espré il y vont
Pour trouver des occassiens,
Qu'un a du plaisi, etc.

I nia qui s'en vont,
Avant que la farce soiche faite,
  A resté trop tard,
Jenne a gagné un gros cathar.
  Qu'un a du plaisi, etc.

CANCHON

Sur un jonne Homme qui s'a brouil-
lé aveucq' s'Maintresse , en l'allant bistoqué l'jour de s'fiette.

AIR : *Allez , Allez , Jean-Pierre.*

Noté N°: 2.

Bon jour Marie-Catelaine
Chet aujourd'hui vo jour.
I n'y a bien six semaines
Que je l'attends , me z'amour.
Je vos viens bistoqué
Aveuque che l'image ,
Et aussi un bouqué ,
Le pu biau du marqué.

Le garchon la bistoque
Aveuque sen biau présent ,
Et puis la rabistoque ,
Faigeant sen compliment.
Il a mis le bouqué

Li même à se poitraine :
Et, l'ayant affiqué ,
Sitôt l'a pourléqué.

Elle volot faire l'mage ,
Véant qui le bageot :
Mé elle étot ben age :
Car elle en souriot.
--Dirot-on qu'un bouqué
Pare si bien unne fille!
Vous êtes , sans moqué.
Bielle comme un perroqué.

Wettié queul' bagatelle !
Vos parlez mal à point :
Car , si cha me rend bielle,
Ché qu'sans cha je l'sus point.
--Vos se courché déjà !
Ché par mennière qu'un parle:
Car vous êtes sans cha
Bielle d'en haut du qu'en bas.

--I me le faut point dire :
Je le sé bien aussi ,
Jacot m'a venu vire ,
Il m'a trouvé joli.

--Mais i ne va point mieux.
Quoi! vous avez, Catelaine,
Encor d'aut' z'amoureux!
Je ne su point tout seu!

--Mais non, mais non, Jean-
       Jacques,
J'ai bien d'autres garchons.
Qui n'a qu'unne corde à s'n'arque
Ne peut jamais tiré long :
Car quand qu'unne se romp,
I faut n'avoir une autre.
I n'y a grammen d'garchons
Qui nous fette des faux bonds.

--Enfin, Marie-Catelaine,
I vos en faut pu d'un!
--Awi, unne douzaine,
Des biaux et des communs.
Car j'arai, sans moqué,
Aujourd'hui des visites :
Et j'attens du marqué,
Encore quatre bouqués.

--Vas, pour ti me broquille
Est neué au gros nœud.
Je me ris d'unne fille
Qu'elle a tant d'amoureux.

Allons , rends men bouqué ,
Et aussi me n'emmage.
Le fille , sans jocqué ,
Li a jeté au nez.

Adieu donc , bielle Isaude :
Dit le garchon confus.
Adieu , peste de Glaude ,
La fille a répondu.
Un porte des bouqués ,
Un fé des bistoquages:
A la fin du banqué ,
Souvent un est moqué.

CHANSON

Sur la misère de Brûle-Maison,
pendant le siège de Lille.

AIR : *Du Coulon gavu.*

Noté N.o 7, III.e Recueil.

O DIEU ! qu'on voit de misère
   Au temps d'à présent :
Il y a bien de mes confrères
   Qui sont sans argent.
Car moi , Brûle-Maison ,
Je ne sais plus que faire,
Et pour chanter des chansons ,
Faudroit autant me taire.

Mais la raison qui m'engage
   De chanter ici ,
C'est de vous voir sans ouvrage
   Et moi j'ai loisir.
Puisqu'on a tout le temps
De deviser ensemble ,

Restez ici un moment,
Ne faut rien pour m'entendre.

Tant que ma bourse faut croire
   Etoit bien garnie,
J'ai toujours bien été boire,
   Mais tout est finie.
Et si vous m'achetez
Pour une pinte, boire,
C'est comme si vous tiriez
Une ame du Purgatoire.

Si je demande à ma femme
   Pour boire quelques coups,
Elle me dit: Va infame,
   Je n'ai rien pour vous.
De lui dire des rigueurs,
Elle fera monter l'orage,
Car une femme en fureur,
C'est comme un tigre en rage.

Mais tout ce qui me console
   Dans mon désarroi,
Il y a bien de ce rôle
   Martyr comme moi:
Qui sont maître chez eux,

Quand la femme se promène ;
Mais quand elle est auprès d'eux,
Ils souffrent mille peines.

J'ai eu un secret du monde,
   Qui me convient bien,
Moi, quand la mienne me gronde,
   Je réponds : *Amen.*
Tous les propos qu'elle dit,
Ce ne sont que sottise ;
Moi, sans me fâcher, je cri :
Ora pro nobis.

Je tiens un quart-d'heure d'espace
   Ce même propos,
Tant que ma femme se lasse
   Et ne dit plus mot.
Et pour lui faire voir,
Que je n'ai point de rage,
Je fais le petit devoir
Qu'on doit au ménage.

La paix est dans la province
   Tout du même coup ;
Si tous les Rois et les Princes

Faisoient comne nous ;
Il n'y auroit pas ici
Une si forte guerre :
Cela passe mon esprit ,
Chacun sais ses affaires.

Il y a bien trois mois d'espace ,
    Que je n'ai chanté ;
L'endroit ou l'haleine passe
    Est tout enrouillé.
Et c'est pour l'éclaircir,
Que je fais cette harangue ,
Pour un peu entretenir
La voix et la langue.

FIN.

LILLE, -- Imprimerie de VANACKERE fils,
Libraire, place du Théâtre. N.° 10.

N.º 5.

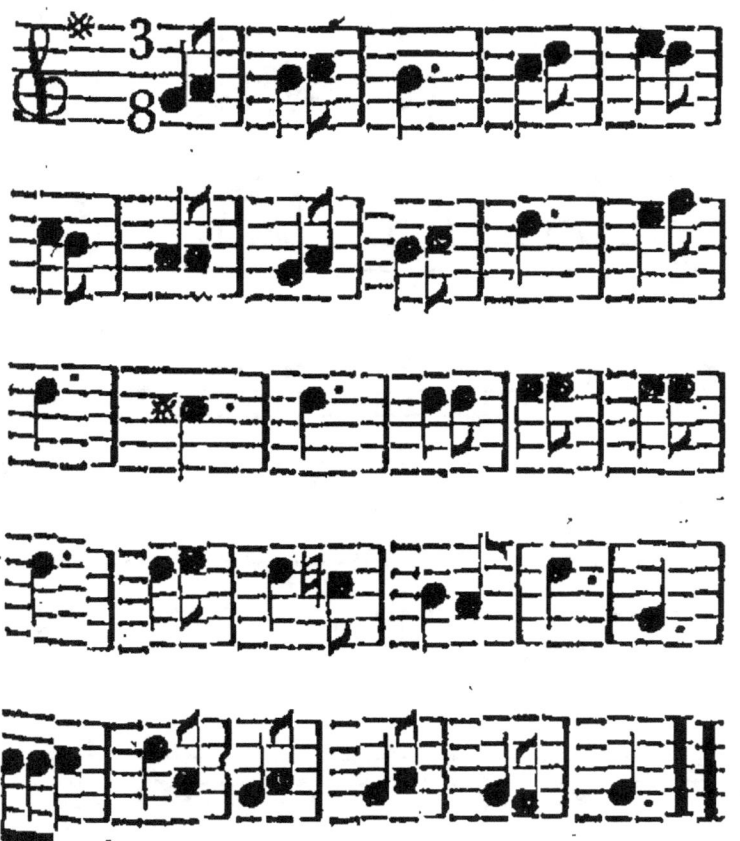

N.º 7.

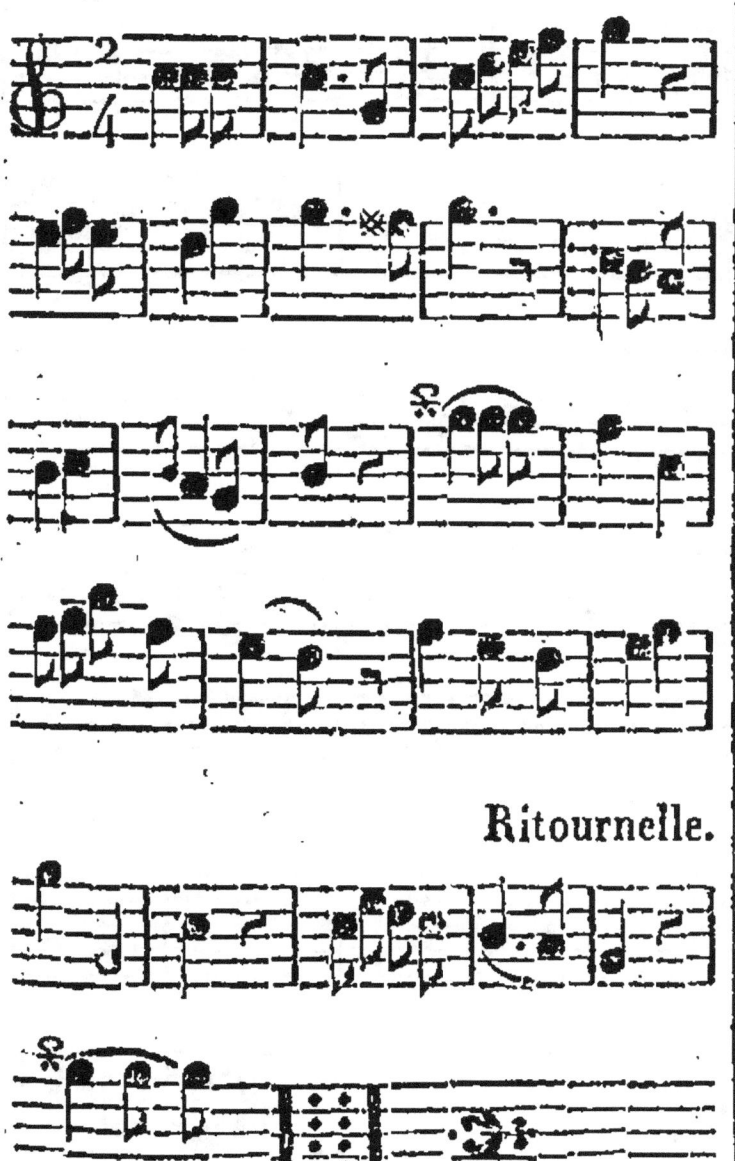

Ritournelle.

N.° 9.

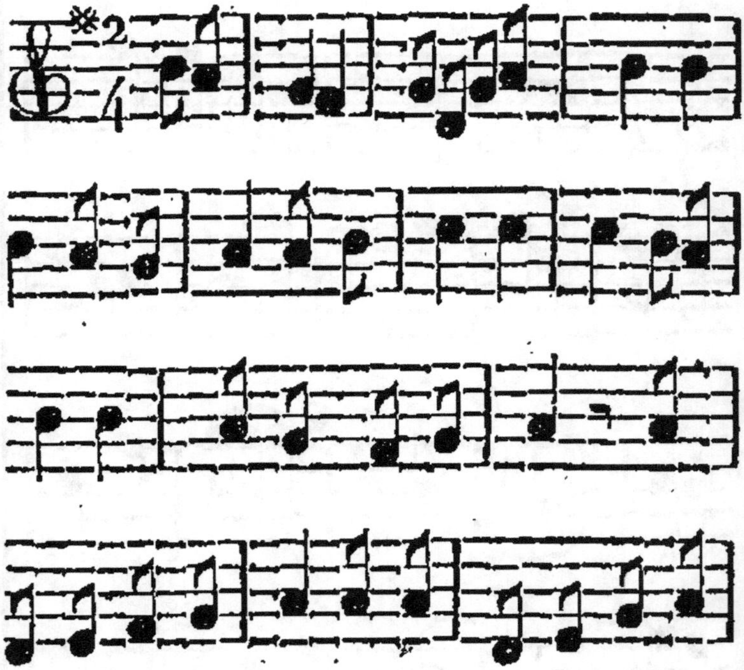

TABLE
DES CHANSONS
CONTENUES
Dans ce septième Recueil.

FIN DE LA TABLE.